皮皮與波西

I READ

皮皮與波西：超級滑板車

繪　圖	阿克賽爾．薛弗勒
譯　者	酪梨壽司
發 行 人	劉振強
出 版 者	三民書局股份有限公司
地　址	臺北市復興北路 386 號 (復北門市) 臺北市重慶南路一段 61 號 (重南門市)
電　話	(02)25006600
網　址	三民網路書店 https://www.sanmin.com.tw
出版日期	初版一刷 2019 年 1 月 初版三刷 2022 年 4 月
書籍編號	S858120
I S B N	978-957-14-6542-5

Originally published in the English language as PIP AND POSY: THE SUPER SCOOTER

小山丘官網

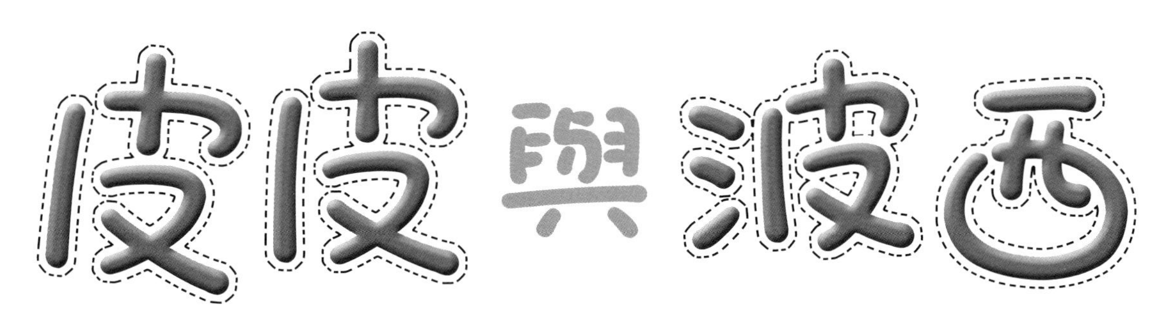

超級滑板車

阿克賽爾・薛弗勒／圖　　酪梨壽司／譯

小山丘

皮皮騎著他的
滑板車。

他騎上坡……

他騎下坡……

他甚至還會耍特技。

這時，波西來了。

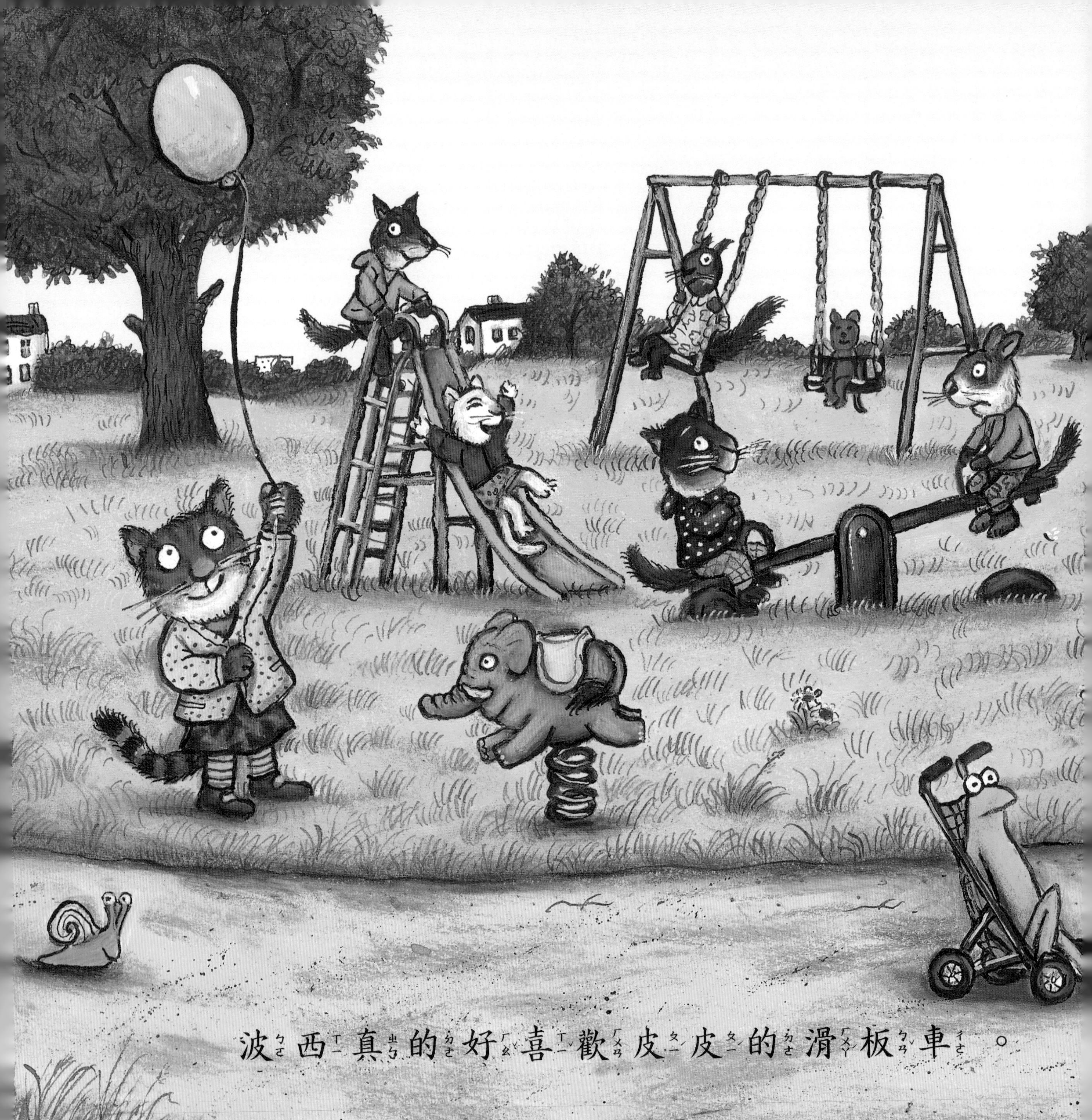

波ㄅㄛ西ㄒㄧ真ㄓㄣ的ㄉㄜ好ㄏㄠ喜ㄒㄧ歡ㄏㄨㄢ皮ㄆㄧ皮ㄆㄧ的ㄉㄜ滑ㄏㄨㄚ板ㄅㄢ車ㄔㄜ。

她超想要騎騎看。

於是波西一把搶走滑板車，
有多快騎多快！

皮ㄆㄧˊ皮ㄆㄧˊ氣ㄑㄧˋ炸ㄓㄚˋ了˙ㄌㄜ。

波西從來沒有騎過滑板車，
但她覺得那看起來很簡單。

她騎上坡……

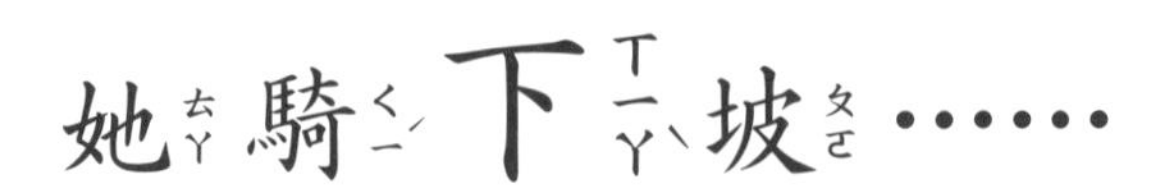

她騎下坡……

她甚至試著耍特技。

小心！波西！

波西從滑板車上摔下來。

喔ㄛ，天ㄊㄧㄢ啊˙ㄚ！

可憐的波西！

她摔傷了膝蓋，非常傷心。

皮皮為波西包紮受傷的膝蓋。

「對不起，皮皮，我不該搶走你的滑板車，」波西說。

「謝謝你照顧我。」

皮皮與波西給彼此一個大大的擁抱。

他們改去柔軟的沙坑玩沙。

最後一起回家
吃點心。

太ㄊㄞˋ棒ㄅㄤˋ啦˙ㄌㄚ！

Pip was riding on his scooter.

He went up . . . he went down . . .

he even did tricks on it.

Just then, Posy appeared.

Posy really liked Pip's scooter.

She wanted to ride on it a **lot**.

So Posy snatched the scooter and scooted away as fast as she could!

Pip felt **very** cross.

Posy had never been on a scooter before,
but she thought it looked quite easy.
She went up …
she went down …
… she even tried to do a trick on it.
Careful, Posy!

Then Posy fell off the scooter.

Oh dear!

Poor Posy!

She hurt her knee and was very sad.

So Pip looked after Posy and her sore leg.

“I’m sorry for taking your scooter, Pip,” said Posy.

“Thank you for looking after me.”

Pip and Posy had a **big hug**.

They went to play in the sand
where it was nice and soft.

And then they went
home for tea.
Hooray!

阿克賽爾・薛弗勒　Axel Scheffler

1957年出生於德國漢堡市，25歲時前往英國就讀巴斯藝術學院。他的插畫風格幽默又不失優雅，最著名的當屬《古飛樂》(*Gruffalo*) 系列作品，不僅榮獲英國多項繪本大獎，譯作超過40種語言，還曾改編為動畫，深受全球觀眾喜愛，是世界知名的繪本作家。

薛弗勒現居英國，持續創作中。

酪梨壽司

當過記者、玩過行銷，在紐約和東京流浪多年後，終於返鄉定居的臺灣媽媽。出沒於臉書專頁「酪梨壽司」與個人部落格「酪梨壽司的日記」。